诗海扬帆

清远生态诗歌选集

主编：曾新友　执行主编：邓维善

南方日报出版社
NANFANG DAILY PRESS
中国·广州

图书在版编目（CIP）数据

诗海扬帆 ： 清远生态诗歌选集 / 曾新友主编 ； 邓维善执行主编. -- 广州 ： 南方日报出版社, 2022.10
ISBN 978-7-5491-2619-4

Ⅰ. ①诗… Ⅱ. ①曾… ②邓… Ⅲ. ①诗集－中国－当代 Ⅳ. ①I227

中国版本图书馆 CIP 数据核字(2022)第 181215 号

SHI HAI YANGFAN
诗海扬帆：清远生态诗歌选集

主　　编：曾新友
执行主编：邓维善
出版发行：南方日报出版社
地　　址：广州市广州大道中 289 号
出 版 人：周山丹
出版统筹：谭庭浩
责任编辑：陈　焱
装帧设计：阿　里
责任校对：裴晓倩
责任技编：王　兰
经　　销：全国新华书店
印　　刷：广州市岭美文化科技有限公司
开　　本：889mm×1194mm　1/32
印　　张：7
字　　数：102 千字
版　　次：2022 年 10 月第 1 版
印　　次：2022 年 10 月第 1 次印刷
定　　价：48.00 元

投稿热线：(020) 87360640　　读者热线：(020) 87363865

前　言

清远诗社成立于一九八八年，是紧随清远建市成立的文艺团体。建社以来，有不少社员的优秀作品发表在多家知名国内外报刊，包括《人民日报》、《诗刊》、《文艺报》、《光明日报》、《中华诗词》、《中华辞赋》、《星星》、《工人日报》、《世界日报》（菲律宾）等。这些作品，体现了现代诗与古体诗并重、继承与发展齐驱、包容与创新协调的全面发展的好势头和新局面，也提升了诗社的地位。清远诗社被中国诗歌春晚组委会评为“二〇一八年度十佳诗社”之一，荣获第二十一届（清远）国际华文诗人笔会“突出贡献金奖”；著名诗人、生态诗歌的倡导者、推动者、践行者戚华海，写《马诗三百首》的清远市委原书记、清远诗社原社长骆雁秋荣获“中国当代诗人杰出贡献金奖”。诗社承办的第二十一届（清远）国际华文诗人笔会入选中国诗歌春晚“十佳诗会”。现任社长曾新友荣获“二〇二一年度全国十佳诗人”称号。

二〇一七年以来，清远诗社创办了《清远诗歌》报，建立了英德九龙小镇等四个创作基地，开设诗社微信公众号，组织网络讲座等诗歌活动，成功主办了“清远首届国际诗歌笔会”和五届“北江诗歌笔会”，二〇二〇年十月主办了“清远首届现代诗歌·古典诗词笔会”，二〇二一年十一月承办了“清远第二届现代诗歌·古典诗词笔会暨第二十一届（清远）国际华文诗人笔会”，形成了广泛、良好的社会影响。编辑出版了《著名诗人写清远》《而立年华：清远诗社成立卅周年社员作品精选》《北江诗踪》《诗团锦簇》《诗城飞花》《四海诗萃》《诗城春色》等诗歌合集和诗歌评论集，由中国文联出版社、现代出版社、中国言实出版社刊行，此外，还编写了清远首套诗歌丛书六册。

清远诗社是聚集清远本土有创作成绩诗人的团体，其中有清远市的老领导骆雁秋、廖斌，有各条战线的部门负责人，有瑶族乡土诗人代表唐德亮，有工人、农民，也有外来打工者，有九十多岁的老诗人也有九岁的儿童诗人，他们在业余时间里创作了大量的诗歌，为“乡土诗城”“诗歌之城”添砖加瓦，为风城的文化建设贡献力量。

清远诗社是清远市乃至全国都非常活跃的一支诗歌创作队伍。近三年来，经常组织创作骨干进行创作采风，每一次采风都有精品佳作发表在各大报刊。每逢中国传统佳节都征集诗歌作品，向相关报刊推荐发表，重阳节还特别邀请老诗人参加座谈，丰富了社员的活动，极大地提升了社员的参与度和创作热情。

清远是一座新兴的城市，经过三十多年的发展，发生了翻天覆地的变化。为了用诗歌的形式充分展现清远的魅力与巨变，去年年底，清远诗社向全社会征集二〇二一年写清远的诗歌作品，现将部分佳作汇编成此书，收录社员及社会各界人士精心撰写的新诗、古体诗词等，表达他们对清远的良好生态环境、美丽山河的赞美，对平凡而幸福的生活的热爱。

由于篇幅所限，本书难免会有遗珠之憾，敬希见谅。

编　者

二〇二二年夏

目录

现代诗卷

李剑平

李进凤

梁建彬

梁玉满

廖志刚

林尚人

林　萧

古体诗卷

现代诗卷

曾新友

赏九龙小镇鹰嘴桃花

把冬天憋足的劲
向春天开一树花
一些翅膀的牵挂
飞舞急切　飞舞潇洒
让最美的立体名画
就地安家

任和风再吹
由细雨再洒
新蕊初放总绯红着脸上的酒窝
给回暖的温情　传送惹心的话
为滋润的记忆
铭刻一种浪漫的回答

偶遇清远九十二岁长者看《谜语大全》

脑细胞活跃的藤条
布满心态年轻的高招

上下求索的路上
串起新奇的谜面

打开厚厚的纸张
如同翻看趣味的过往

揭开的谜底
原来都是自己的奇遇

拿得起九十二年的日子
放不下甜美的回忆

华 海

清远记

一

在一座山和想象的岛之间
是旅途，是初春的潮湿、阴冷
尘土和火焰偃息，雨水的丝线
把时间拉长为白天鹅的脖颈
在水边，山河苍碧，一尾木舟
如一行飘逝的雁字……

“谁与青山恒在，融入万物的变易？”
在雨的气息里
你触摸草木的清寒和呼吸
俯下身子，发现一朵山杜鹃
从幻境里转过头来，所有细微的

声音汇聚成淙淙泉流

在小城，在一条北江旁边
你听到自己身体的雨水，由内而外

二

从一条北江开始，向北
与时光的流水反方向
正遇上乘舟南下的苏轼

他为一首诗朝辞凝碧湾
我为一首诗暮留清远峡

千回百转的湟水在此换了名字
急流险滩在此安静下来，看到对岸

飞来峡的僧人静静敲钟、修禅

苏轼他想贬到惠州又如何
荔枝总比长安的新鲜

江水安静下来，便能凝碧
换做李白，把一江的水都当作凝碧液陈酿

而我取一瓢饮，在山河间不胜酒力

醉便醉吧，好在江湖已远
东坡你为一块石头停留
米芾向另一块石头叩拜
一块石头比一顶头上的乌纱更重！

那一夜，还能听到猿猴的啼叫
是东坡的叫声，也是我的叫声
我们是大地的喉咙啊，也是一条江的喉咙

在一首诗中，猿鸣三声，青山更青
我乘舟北江，一路向北

三

找来找去

忘记草帽盖住的一爿地
看来看去，它像一个张开又闭上的口字
在大山深处，想说什么

许多年过去，我用水墨画它
用最浓的泼墨，如泉如瀑
凝固最沉重的岩石
更多的用积墨，一层层堆积光阴和
烟火，当然，要以线条
勾勒山的骨骼、树的枝干和山里人的脾气
每一笔都不是描，而是写
写出千年不易的笔法和古意

仅仅这些，远远不够
还要用笔蘸上火，让歌和舞燃烧
让油岭瑶寨的牛角号嘶鸣
在耍歌堂的长鼓上奔跑、跳跃
要把水也点燃，把山泉溪流点燃
让壮家戏水节铺天盖地的水
和所有的人的脸

在蓝天下瞬间绽放、燃烧

在山的旁边，我让画笔停下
再听一听松的喧响和鸟的啼叫
让它在山野的色彩中安静
变成丛林里一棵翠绿的树苗

四

在连州四年零九个月
与刘禹锡任连州刺史时间相仿
曾经多少次上巾峰山看云
多少次去湟川河听雨
如今已经模糊

人生的刻痕有些越来越淡
有些却越来越深
刘禹锡在连州一千一百九十年后的
春天，你读到他九十八篇诗文
恍然有所领悟

许多年后
你还津津乐道在连州
刘禹锡纪念馆、摄影年展
和骑田岭秦汉古道
在那里踩下的几个脚印

当然，你也学习刘禹锡
静坐在一座山的旁边
只见一只白鹤，在晴空下
扑动诗的双翼飞上云霄

于是，你写下
一本《静福山》诗稿
还带走一个网名——静福山人

静福山人只是一个符号
你离静福山越来越远

许多年后，你还想起
山中的一只鹧鸪鸟，在那棵

伤痕斑驳的古树下
第一次叫你的名字

五

最高峰是石坑崆
最低处呢？也许在地下溶洞
滴水成石，千百万年的时间
凝聚，让你读史前天书
海底变山崖，贝壳长进岩石
身体里囚禁的想象，被千姿百态的
钟乳石打开、释放

一个从大皇城贬谪岭南的人
在瘴气弥漫的英山，千回百转
找一块石头，一块丢失的石头
是东坡的痛，也是宋朝的万里河山
郁积的一块石头

一个从大平原走进山里的人
他的骨骼层层垒起石头

米芾弯下腰，呼一声石兄
石头像一个老书生，瘦皱漏透
抬起墨笔，不远处，命运的山峰险峻凌厉

你也是一个移居岭南的人
一个被清远的石头
改写的扬州人
一个灵魂出窍的人
用后半生在一座静福山中栖居
此心已安
能够静静地听清风由远及近

六

夜半醒来听雨，牵连不断的
雨丝，比思绪长一些
不知一千多年前某个雨夜
韩愈在龙宫滩与谁说了一宵话
一半是思乡另一半是何事

今年春天也一直在下雨

浩浩复汤汤的湟水越来越宽阔
闪电与浮霜，在波峰浪谷间
掠过，那一双忧郁的眼睛
隐约浮现在对岸的诗碑

那一夜，他又添几根白发
浪潮穿过羊跳峡涌向滩头
越行越远的中州，越远越想的
昌黎，燥热潮湿的水汽，升腾的
云雾，长安在望不见的尽头

大道安在？人心安在？
扁舟太小，便凭天地乾坤为庐
听风听雨听春潮，无非琅琅书声
打从今日始，天涯也是故里
故人，可托低飞的燕子传递诗句？

鲁侯燕喜，王参军莞尔一笑
他们抬头，看见自然呈现的大德
山与水默然，仁者与智者

把酒临风，一亭翼然若醉
也罢，从阳山去潮州，江上鸢飞鱼跃

这个庚子春月一直在下雨
你也不断想象在龙宫滩
听雨的小舟由浅入深，迂回曲折
在怪石漩涡间打探韩县令的虚实
出连江口，便是岭南，离海潮越来越近

唐德亮

刘禹锡来连州

向南，向南……

披一朵浓重的云于身上
朝辞长安
穿越乱石，丛林，野草
峡谷，危崖……一路
颠踬
而
来

粤北连州　峻岭崇山
观莫傜打猎
斗笠蓑衣的阡陌田间
刘刺史口吟《插田歌》

播撒文明的种子
吹重教兴学新风
采药，把脉，夜深了
还在灯下挥毫济世的《传信方》
闲时登临吏隐亭，吟咏长啸
一支彩笔　让连州的山光水影
顿生诗意的壮美斑斓
长出不朽的秀竹、绿树、灵芝
让古老的村落
染上诗的灵光
海阳湖，诗的湖
波光盈盈　意态万千
华章十咏　千年不灭
杲杲其光

湟川，淹没了多少历史足迹
却珍藏了你的华章

刘禹锡，一代诗豪

一株株霜摧不折的青竹

一篇篇喷珠溅玉的诗文

美丽了这方天地

璀璨了诗歌的天空

暮春登金子山

无数次梦幻　脚踏祥云
飞上这座“三边”的至高点

桃花已笑过春风
远嫁异域
杜鹃正艳　粲然的火把
烧暖大山的胸脯
万叶吐翠，喷一山
可餐秀色
接受阳光的轮番检阅

鸟儿醒来。以满山的欢鸣
报答春风的问候
飞瀑又度过一个不眠之夜
淙淙的脚步　敲击
大山的胎宫
穿越竹林　攀缘险峻的山道

我信步登顶　找到云雾缠绵的棋盘

与仙人对弈　下一场

不分胜负的棋

注：金子山顶有块石头，传说仙人曾在此下棋。

林永泽

春燕 （散文诗）

一群群春燕，在南方的田野上，悠闲地空中散步。

等不了禾苗成长，春燕就回家乡。

春燕呢喃，仿佛在诉说：这里的簕杜鹃，一年四季都灿烂依然；这里的群山原野，每天都滴翠盎然。

留恋这里，美丽乡村里，有自己的家园。大妈的广场舞，直看得忘返流连。

不用春风呼春雨唤，春燕就回家乡。

南方的一年三百六十五天，都是春天。播种的季节，也是收获的季节。希望的田野里，农忙的日子，别人来旅游；农闲的日子，我去别处旅游。

一群群春燕，在南方的村子里聚会。一排排，在雕花的屋檐上，走秀；一群群，在树上、花丛时，开歌唱会。

甜蜜的日子，美好的时光，荡漾在春燕的歌声里。

虎年畅想曲 （散文诗）

序幕，在牛年的暖冬拉开。背景，一边是姹紫嫣红的南方，一群春燕在盘旋；一边是雪花盛开的北方，一群归雁在飞翔。后新冠肺炎疫情的日子里，有一个虎年，在牛年冬日灿烂的阳光里，呼啸而来。

都说，虎虎生威。虽然，我们还在枕戈待旦，严阵以待。疫情，正在退却，正在消失。有隔离的日子，渐渐远去；我们的距离，正在拉近。

都说，如虎添翼。等待的日子，我们把梦想的种子播下。收获的季节，那是我们奔跑的起点。腾飞的岁月里，我们跨过江河，越过高山，跳过险滩，没有什么困难能够阻挡，没有什么威胁能让我们停留。

高潮，在虎年的每时每刻。我们的步伐，越来越坚定；我们的声音，越来越洪亮。

风起时，我们向着光明，与太阳一起飞翔。

雨停时，我们屹立高处，与顶尖一起铸峰。

站在山下，我们眺望巍峨群峦，欣赏云蒸霞蔚的壮观。

伫立岸边，我们远眺深蓝的海洋，感叹波涛汹涌的浩瀚。

再回首时，丽日南天，一片吉祥。

黄海凤

岩鹰的爱情

要不是你伸出的翅膀
在我心里挠了一下
我也不会赶到泪水必将枯竭的尽头
来看你　不论风向哪个方向吹
一座山会怀想另一座山
一个人的某种情绪又会抵达另一个人的内心
欲说还休　一切都在醒来
轻微的虫鸣声　汇合万物
在小声叫喊　像是每一寸时光里毫无怨言的命运
那么一刻　风也会安静下来
草丛散落着柔软的云朵
因着岩鹰的爱情
我的眼睛播下了一万颗种子

秋日

一不小心，我，上了北江的贼船
偷一寸夕阳。再偷几两浪花
为秋日添上两道下酒菜
让你的鬓发有了海棠红

杨振林

爱清远

走过万水千山，常常流连忘返
也曾远渡重洋，惊叹那异国风光

有一天朋友问道：哪里最好？
真没想到，这个看似简单的问题
让我久久无语

久久无语，久久默默无语
我的思绪倏然穿越云端
我的目光从远山飞到天边
我的脑海却云里雾里

云里雾里的我没有停止思索
当思绪飞回眼前

蓦然回首间
脑海中一点灵光照耀
清远最好，清远最好！

美不美，故乡水
谁不说家乡美，
谁不爱家乡美？
清远，我的家园
水清清，天蓝蓝
水天一色赛江南
清远，我的家园
地生金，山聚宝
千年的根脉，枝繁叶茂

爱清远，因为她是我的家
爱清远，不仅仅因为她是我的家
我和我的家人
我和五湖四海的建设大军
在这里挥洒汗水
在这里奉献青春

青青泥土上
有我们耕耘的足印
浩浩征帆里
有我们冲浪的身影

“山水名城·岭南绿都”的名片上
有我们智慧的光芒
一次又一次蝶变的美丽
飞扬着我们追梦的勇气

啊，我们用航拍的天眼
环顾雄鸡高唱的清远大地
我们穿行在千里画廊
回望沧海桑田的踪迹

在洲心，在芳草连天的洲心
遥望稻浪滚滚
那张封存在档案馆的信笺
再次映入眼帘

在渔村，在北江河畔的小渔村
那间小小的氮肥厂
开启了工业改革的先河
但前路坎坷，众说纷纭

“清远经验”的乐章
以黄钟大吕的和谐雅庄
在共和国的天南海北　悠扬

在高新区，在新兴产业云集的园区
牵动十万山民走出九十九崆的传奇
仍在耳边响起
而阳光新城的阳光
那曾经暖透高寒的阳光
还是那么温暖那么明亮

在叶屋村，一个大山深处的小村庄
在古老的土地上，在碎片般的土地上
农民兄弟绣出了新花样

老村长，登上了首都大讲堂
为教授为专家学者 开讲！

在燕湖新城，在承载清远未来的燕湖新城
新时代的清远人
用清远智慧创建着智慧清远
缔造岭南绿色发展的典范

啊，这是一片传承改革基因的沃土
一座改革让人民诗意栖居的福地
这是一座富有改革精神的城市
对标珠三角的新蓝图已经展开
新的标杆，新的高度，新的乐章
让清远让世界满载新的希望

啊，爱清远，爱清远
只因我们的心中，清远最好
也许我们不应该为昨天自豪
我们应该瞭望今天的清远

这个金秋的清远，硕果累累
这个金秋的清远，风景如画
这个金秋的我们，雄姿英发
我们记住了，那双足以温暖一生的手
我们记住了，那足以回味一生的家常话
迎着新中国壮丽七十年的朝霞
沿着大湾区的呼唤
迈着矫健的步伐
追梦再出发！

成 春

瑶族舞曲

打开心之窗，漫山蝶舞正艳
笑脸相对的时候，真情比酒香
长鼓在倾诉，牛角在呼唤
篝火熊熊在胸膛，炎凉两相忘
花腰袋在沸腾，红头巾在飘扬
心儿的垂天之翼，呼啸过万山
天湖举酒杯，小河放声唱
瓜果香甜的时刻，饥寒不回望
越过那风雨，蹚过那艰难，一路阳光相伴
哟嗨
大山是舞台，蓝天是幕帘，天地人同狂欢
风姿在舒展，美丽在激荡
白云生处的山寨，浪漫如梦幻
日子是诗篇，快乐是花瓣，幸福岁岁年年

人生无限美，风霜等闲看，家园鸟语花香
百里瑶山日月美，风情万种绘人间
篝火熄了还有火塘，酒杯干了还会再斟满
舞蹈出生命的温暖，梦想的花儿绽放千年

连南，连南

山坚水柔的连南
一半似爹
一半似娘

鸡鸣犬吠依稀可闻
田园风光采菊悠然
曾经筚路蓝缕
依旧足音铿锵
世内桃源的连南
每一天
我都把崭新的风景欣赏

石泉山的石器
闪耀远年的光芒
白云生处的瑶寨
如梦如幻
宽阔的文化广场
拓宽抒情的概念

瑶族舞曲的神韵
现代而又古典
月光下的越秀桥
优雅而浪漫

每一天都绿水青山
每一刻都鸟语花香
至美至善的连南
瑶汉一家亲的连南
净化我的杂念
给我慈母的呵护
没有豪言壮语
为我护住风中的火光

朴实得像草木一般的连南
我挥洒真情
粗犷或细腻
都散发千年酒香
爱连南
我用自己的青春年华

我用自己
无视风雨雷电的翅膀

连南，连南
我无法以一个过客的名义
抒写对你的情感
我的行囊装满你的嘱托
不问前路是否风雨如磐

连南，连南
一幅迷人的山水画卷
使我的梦想有光
请原谅我的智商和情商
人已花甲
我却还未为你
写出动人的诗篇

蒋馨舜

连山的歌声

连山的歌声
用气血浇灌而成
同季节一起黄熟
同生命一起轮回

开春时节
连山的歌声像破土的山蕨
不可遏阻地青翠葱茏

盛夏时节
连山的歌声像跳跃的萤火
在或明或暗的飘逸中
抑扬顿挫

深秋时节

连山的歌声像缤纷的水彩
把那方水土涂刷成
沉甸甸的金黄

严冬时节
连山的歌声像山中的红杜鹃
以火红的气息
映亮了黛色的年轮

歌声响起的时候
夜不会寂寞
路不会漫长
雨雪星月会纷扬成粒粒歌种
在云际飘洒

连山的歌声不会老去
老歌的筋骨里
时有新绿暗长
当惊雷掠过
便是参天大树
便是莽莽林原

连州地下河

石笋、石柱、石钟乳
奏着岩滴的旋律
在七彩的梦幻中
争奇斗艳

走进连州地下河
你就走进一个迷情的世界
那赏心悦目的景致
那晶莹剔透的光影
那桃红柳绿的意象
痴情绽放

寻幽探奇的热情
在星级的世界里
流光溢彩……

陈　静

湖南隔壁村——潭岭

水的灵秀
山的青翠
云雾缭绕的变幻
被隔壁村的鸟鸣声唤醒
深秋
选择了这样的清朗
也选择了这样的迷蒙
像故乡的炊烟袅袅
淡看那一抹嫣红
一缕鹅黄
还有那一汪深情的碧绿

月还是那一轮月

月还是那一轮月
江还是那一条江
只是自那一位被贬的文豪
来过
翻越过的秦汉古道
有了风骨
山民得到教化
南蛮子
也懂得了
知书达理　诗礼传家

洞冠树上的梨
有了月光如水的清甜
蒲芦洲的柚子
散发着月亮的清香
人们的心里
多了一份美丽乡村的
鸢飞鱼跃

邓国珍

乡村夜晚

乡村夜晚是寂静的
下半夜寂静得更可怕
公鸡啼鸣很少听得到了
偶尔传来狗叫声
拴着链子的狗只能在院子里挣扎
出来就成了盗贼的俘虏
隐隐传来溪流叮咚
还有岸边竹子的婆娑
最热闹的要算蚯蚓和蝈蝈
扯开喉咙无休止鸣唱
满耳灌满了不变调的音乐
这是传统而典型的田园交响曲

乡村夜晚是漆黑的

没有星月时黑得更可怕
黑黝黝的竹木伴随黑黝黝的群山
恰如守护乡村的屏障
又像绷着黑脸的恶煞凶神
村口的路灯化不开黑幕笼罩
萤火虫更无力化解重围

漆黑成为村民的催眠曲
成为滋生美梦和噩梦的佳境
打谷场曾经是小孩听故事的摇篮
是奶奶摇着葵扇教唱儿歌的所在
柴草垛是捉迷藏的好地方
一声鬼来了使孩子们肉跳心惊
如今都被手机电视机代替
或者被沉重的作业拖累

其实生物需要夜晚洗礼
自然世界需要颜色的调剂
庄稼人观察作物的生长变化
往往经过黑夜再伴随清晨的露珠

常言说雨露滋润禾苗壮
而露珠是黑夜衍生的精灵
既然黑夜白天同样重要
就要将特长发挥得淋漓尽致

乡村景致在寂静中美丽
乡间特色在漆黑里迷人
不要一味强调乡村城市化
城乡应该相辅并存
哪一天乡村没有乡村特征了
乡愁何处寄托
乡间何处寻觅
哪一天没有乡情乡愁
生活将会寂寞乏味

邓木桂

诗意欧家

一

古老的村道早已荒芜
一片枯叶滑落
砸疼路人肩上
沉重如山的思想

二

浑厚的大雾山沉默了千万年
我张开嘴巴
却听见它无声的低吼
和从心头掠过的阵阵哀伤

三

一群鸭子在冰冷的水田间寻觅

泥土中尚有一丝气息的生命
纵然山外寒风呼啸
但我想——
它的心情却是最温暖的夏天

邓荣基

写在男人四十前　（散文诗）

跌跌撞撞，迷迷茫茫，男人四十的慌张，如期而往：

没有小时候红鸡蛋的欣喜若狂，也失去青春年少的浪漫，剩下的是每天为之奔波的碎银几两；

四十是合唱，前奏在酝酿，高潮已在恢宏开幕后人心激荡；

四十是桥梁，这头是林林总总或悲或喜的过往，那头是自小定下的远大理想；

四十是绽放，尽管在前行中彷徨，但时代与生命仍赋予我们希望。

那中流砥柱的责任，一路坎坷风暴也有鸟语花香，因此一直让我们神往。

时间可作最好的疗伤，让我们继续扬帆，追赶老去的力量！

邓维善

上岳古村归仁里的房子

把房子建成日字型
是广府人心中的梦想
把日子定格在屋子里
稳定　安静　吉祥

镬耳墙是地位的象征
其实住的都是平民
承袭祖先的荣耀
百姓也可以活得有尊严

青砖灰瓦下
墙连着墙
屋子连着屋子
古藤爬上了屋顶

门前的池塘
随着季节变化
微波起伏
如同过日子一般

七百年的风雨
站成了一处风景
天井里的故事
一直在传播

蒲芦洲柚子熟了

秋天　柚子熟了
在乡村的山坡上
在绿叶遮掩下
特别是在午后的阳光下
透露饱满的味道

葫芦一般的柚子
很自然地挂在树枝
三三两两
挤在一根根细小的枝条上
我很担心在没有熟透之前
它会掉下来

所有树上结果的
都与时间有关
历史越久越香甜
看到蒲芦洲的沙田柚
我相信这是一个真理

犹如经历时间的沉淀
才能知道熟了的味道

蒲芦洲的果园里
地上零散落下
没有成熟的柚子
无法走上成熟
也许只是腾出一个
成熟的空间

邓醒群

在清新读石刻

君子布君子之德，小人忙小人之活
神走神道，魔行魔方。万物有灵，各自安生

君子走上小人途，小人修成君子果
魔变天使，天使堕落。刻石人痛

石头更痛。会痛的石头无法给活着的人
歌功颂德，不能给死去的人树碑立传

道德文章，被拿来掩盖历史的虚伪
方块字，诠释了横跨两界的法则

刻石人，把石头的眼泪
刻出

通往太和古洞的路

路过，该给世界留点什么
山泉不止，荡尽浮尘

山外传来秋天的声音
古色的阳光，给山路铺上神秘的色彩

断崖上的兰花开了一遍又一遍
在石上刻字的人不见了。空山寂寂

随手可及是野草与香藤。每片叶子都有一首诗
每朵花心都有一尊神。通往古刹的背影

一个纯粹的人。撞响暮鼓的少年
也撞响明日的晨钟

读着太和古洞大门的对联
夕阳下那炷香。清新，清远

方卫新

燕子岩

不闻其声，不见其影
这成千上万的金燕突然销声匿迹
莫非于入冬之际便开始打坐修炼
期待来年春天一鸣惊人一飞冲天

天风徐来，巨大的天门为谁而开
阳光闪耀仿若无数的燕子飞进洞隙
洞顶一帘水雾如天女散花飘飘洒洒
一洗游子的满身风尘与疲惫心灵

壁立千仞，大大小小的洞穴满目琳琅
成了千千万万燕子最安全的避风港
清澈的地下河叮叮咚咚贯穿岩洞
聪明的燕子逐水而居绕水滑翔

洞壁上的“喇叭”好像《小燕子》大合唱
“萤火虫”在梦幻的灯火里迷迷蒙蒙
这瑰丽多姿的天然奇洞
是燕子们的平安家园，世外天宫

房春桥

你的温柔，丰满了我的梦

今晚的月色太朦胧，
像一张害羞的脸。
风也似乎有了醉意，
轻轻地，吹着那岸边的丝丝垂柳，
水波轻轻荡漾，
轻轻地摇醒了沉睡水底的月亮。
我不想她们风风火火地闯，
只想枕着你的温柔进入梦乡。

遇见你，恰逢三月桃花红，
朵朵花儿开满你的脸庞，
也在我的心中缓缓绽放，
杨柳风拨动了那根心弦的腼腆，
羞涩把我的内心胡乱塞满。

灿烂春光却揉成一块软糖，
粘着你的微笑，粘着我的惊喜，
甜蜜了我那半夜里柔柔的梦。

晚霞炫耀着光艳的衣裳，
火红火红地舞动天边，
我的心却化成一声声哀叹，
最亲的人带着眷恋，
带着不舍，去了很远很远的地方。
上苍啊，为什么总是这样？
心在滴着血的时候，
却有如此美丽的夕阳！
你紧紧地依偎在我的身边，
喃喃细语，汇流成山泉潺潺，
静静地流进了我的梦乡。
在梦里，
你的温柔和微笑划破了夜的黑暗。

我醒了
窗外，歌声一样的阳光，

微笑的桃花却憔悴了你的脸，
你脸上来不及拭去的泪痕，
掀起了我那心海的滔天巨浪，
许久许久，无法平静。
你依然牵着我的手久久不放，
手心的热汗被无声地珍藏。

房国斌

矗立的风景

不是公路
不是铁路
更像线路
比公路更宽
比铁路更长
跨越千山万水
走进千家万户
你有一个闪亮的名字叫电
有时像一阵风

穿越山林
横跨河流
矗立的铁塔
有时你在清远城市

有时你在清远山头
以山为伴
以水为邻
从不显得孤独

你是光明的使者
凉爽于夏
温暖于冬
从不自私，昂首挺胸
不管春夏秋冬
风吹雨打，严寒酷暑
你总是出现在
清远人民最需要的地方
默默矗立在天空中

英德别有洞天

壮丽的晨曦
在天边冉冉升起
山风透着无比的清凉
雾　还没有被吹散
缠绕在半山腰间
笼罩着神秘的面纱
像美丽的仙女下凡

一只山鹰
正在寻找失散的伴侣
款款地从温泉上空飞过
温泉水倒影着
你那高傲美丽的容颜
你的心　更是清新而致远

一朵朵叫不上名的野花
在温泉旁边竞相开放
那样茂盛　那样慈祥

这里的温度和湿度
成就了你温柔的性格
迎接着千千万万的游人
投来的羡慕目光
一次次告别岁月
——迎接风烟

山鹰　非常执着
它要带着心去漂流
带着理想去流浪
越过平地　飞过高山
站立在雄伟的阳山神峰上
阳山神峰直指蓝天
像一根铺满绿色的擎天柱
矗立在天地之间

山鹰　心力交瘁
艰难地飞翔
用尽最后的力气
大声呼唤——

亲爱的伴侣　你在何方

拖着疲惫的身躯
来到了一个洞口前
洞口飘来鸟语花香
哦　亲爱的
原来你在这里
英德洞天　宛如仙境一般
风景秀丽　奇特
真是天上人间

被打湿的目光含着泪水
相拥无言
立刻招来百鸟
订一份清远美食
疗一疗彼此心灵的创伤

何文钦

在路上

在奔往清远的路上
车窗外的画面在 1.5 倍速倒退
太阳明媚得仿佛照透所有过往
民谣歌手在单曲循环地低吟
而我
在周而复始地游荡

抽烟的大叔漫无目的地
望着我远去
路边的野花摇了摇头
望着我不知所踪

他们的目光让我
闪躲　迷离

使我在某年的某个季节
慌不择路　闯进远方的童话
于是　原本懵懵懂懂
跌跌撞撞的开始
从此　成了一生的跋山涉水

洪　伟

牛鱼嘴的春天

禾雀花盛开的季节
我走近你
如同走进一片童话世界
翠绿紫白的雀儿簇拥歌唱
正在欢迎这明媚的春光

禾雀花盛开的季节
我走近你
如同走进一片植物乐园
古松林立、流水潺潺
空气里弥漫着清爽的芳香

租一艘游艇

游弋于波光粼粼的湖面
听水上乐园传来的阵阵欢笑
看蓝天白云编织成的绝美画框
心中多舒畅

黄昌瑜

秋天

一个哈欠，梦中惊醒
拾起被岁月搁浅的梦想
眷恋着人间烟火
寻觅金灿灿的忧伤
风儿笑了，枫叶哭了
此时，枫叶挂满了整个苍穹
和着秋风飘飘洒洒
为秋天摇旗、呐喊
调戏着山川、河流
蘸满了它的气息
细细品味着美好的光阴
悄悄渗入大地母亲心底
把希望畅想，掩埋在地下
期待着，掀开新的篇章

黄传华

时间与空间

啊，时间，
我要向你质询，
扼杀你的速度，
窒息你咆哮的声音！

时间，空间，
你们是世界的主宰，见证一切，
我要向你们发誓，
向你们夺回可惜的一切！

啊，空间，
你飞跃山巅、田野和城市弯弯曲曲的线条，
让我伸直脖子，睁大双眼找寻，
找寻一切的自由、向往、美好，

我找得好苦闷，我要向你讨教
该怎样让我的生命更完美和更自由。
时间呀，空间呀，
如果我用二十年时间转换了空间，
转换了新的视野，新的人生，
你将是祝福我，还是诅咒我，
无谓的惆怅，让时间和空间变得又慢又渺小，
是随遇而安，还是宽容洒脱，还是耿耿于怀，
时间啊，把痛苦、悲伤化解吧，
我，要做一个强者，
让生命在有限的时间、空间变得丰富多彩，
时间、空间，你们将被力量和希望突破，
生命将会渲染成泛红的晚霞……

黄洁谊

在清远寻找春天

在石榴树枝头寻找春天
那是青绿的芽
在风铃花的招展里寻找春天
那是满眼的橙黄

在蓝色的天空中寻找春天
那是海鸥飞向清澈的天际
在孩子那里寻找春天
那是在绿草地随意打滚嬉闹

该用怎样轻快的语言来赞美你
这满眼的春光啊!
这生命的朝阳!

黄　清

飞霞之梦

小时候
有一个很美的名字——清远
是姐带回来的
也是她启梦的地方
她从那儿回来
带回了一台相机
以及洗相晒相技术

从姐那儿知道了一个飞霞
幻想着那是会飞的霞光
这是梦里最美的景
有日出日落的光芒

梦从飞霞开始启程

向往着清远那座美丽的城市
漂流的梦实现了
格桑花唱出了悠远歌声

然后变成一只百灵鸟
唱出每一处的景致
当二十年、三十年、四十年过去
那个梦越来越清晰

从漂流的旅行到清远的诗歌小镇
也许又是一个梦的开启
黄昏时飞霞的梦
变成了文字里诗的情怀

回忆进宝晶宫的时光
是人生去的第一个岩洞
是与书香一起跨越
有着钟乳石滴翠的亲情

那南山的风吹开了友情的记忆

那英石的山有着攀爬的坚毅
而诗歌小镇成了一朵最亮丽的霞光
儿时梦就在飞霞的光芒里闪耀诗心

黄世城

游英德宝晶宫

这神秘世界
饱吸天地之灵气
日月之精华
酝酿了几百万年
藏在地下无人识
是道地的隐士
从来没打算
向人类展现自己的芳容
现如今
被装饰上五彩的灯光
被牵强附会
百般浪漫而无聊的轶事
迎接一批又一批
如过江之鲫的游客

这些游客都是一些
暂停枝头休憩的灵魂

我听到一个声音在喊
声嘶力竭
已厌倦了人世的浮华
要回到从前
打坐　修炼
从城口老区走过

黄玉华

笔架山的碎碎念

一

人世一遭
唯有生与死是必然经历的
生时念及去时路
惶恐必然有
惶恐的不是要在未来的某天某处
突然而去
怕的却是无人可念

二

一路地走
感受大自然的空灵
拾级而上

心便离你近一点
如同太阳底下一场淅沥的小雨
如同路边蒲公英的心事
一切值得守候与等待的事
皆在深广的寂静中
悄然掩去所有的惊心动魄

三

偶然
遇见了一朵独自盛放的美丽
曾无数次幻想过你的欣喜
为了追赶你而努力成长
成为你眼中的完美

四

可你还是不会哭
我不懂
你满眼血色
却依然安静
你轻轻的一个叹息

只有在惊鸿眼中
似是万水千山的抵达

五

当初的少女
坚持着不愿放手的执念
仰望着所有不可即的远方
如今你只在缘分到来时
清浅一笑
你这清浅一笑
又沥出怎样的慈悲

六

这些年堆积在心里的悲伤
终于在蝉鸣声中
眼泪不受控制
如笔架山深涧里的激流
飞泻而下
所有翻江倒海的疼痛
都归成了细流

沉默的笔架山

山　沉默着　如笔架一样
沉默着的　还有远处的远处
一座座山在那里　镇定自若
在辽阔的谷峰上
总可以看到雄鹰展开的翅膀

没有风的时候
一切都是无声的
泥土的清香掩盖了所有的苍凉
孤独的老树
如我深情的眺望　越过经年

这个如此多情的秋天
我的笔架山　总是这样的空静或深沉
落日余晖里
我的躯干被拉得又细又长

那些起伏绵延的山谷

在我的目光中
不断地折叠或重复
山外山的风
一阵又一阵地　掠过心灵

当风拂过林梢
扑过来的却是阵阵无声的呐喊
或许　能倾听到苍劲的松涛
那特别的咆哮
就这样　开阔视野

在山的更深处　那些远古的述说
那个载满记忆的游泳池被砂石填满
随着翻飞的叶片
沉寂的岭壑　干涸的溪流
那透尽苍凉的静一再堆积
曾经吞吐着欢乐水花的龙
以石的形式　沉默成山

黄志超

湟川河边散步

河边，我俩散步
忆当年在菜园坝轻言细语
眷念这方水土

河边，我俩散步
见证了时代的发展
认同浮桥幻化新时代大桥

河边，我俩散步
迈出的是健康
悠闲定格人生

江畔风光
如一幅水墨画

河边，我俩散步
繁花似锦绿化带
心身溶于小城的春夏秋冬

康　桥

期待

清远　晶莹而纯粹的期待
像花朵点亮诗句

海水在高处
九九重阳　谁的翅膀
闪动哀伤与乡愁

骤雨停歇
梅花凌寒而开

初雪闪烁　这个深秋
我的诗照耀两个字
救赎

道是救赎

德是救赎

仁是救赎

人类一切的科学力量

都无法阻止

南极冰层的融化

没有救赎

人们将重新回到海洋

四肢退化

皮肤长出鳞片

大鱼吃小鱼

小鱼吃虾米

重返人类美好家园

有时进是退　退是进

我们内心的樊篱迷障
让我们误入深渊
返回需要勇气

我们寻找果实饱满的金秋
清远　告诉我岸在哪里
生态文明　绿色诗意
山岗上吹来凉爽的风
金秋十月　清远赠我们满园春色

可　月

潭岭遐思

曾经　鹅卵石垒起的院墙
早已灌满湖水
塞满泥浆
松火把煤油灯熏黑的窗牖
早已腐烂
早已在暗涌汩汩流淌

七十二条村庄
七十二座寺庙
祖祖辈辈生活的地方
早已挖成曲曲折折的河床

背井　离乡
生我养我的村庄

门前大槐树
门前小松樟
像那落花流水般惊惶

长满黄蒿的山岗
奔跑的儿郎
如今在何方
别井　拓荒
不是逃亡
看　远处崛起美丽村庄
脚下　潭水天湖般透亮

李福坚

诺言

人生如爬树一样，从枝头，爬到枝尾
不懂撒娇，发现真的老了

白天做梦，分不清灯红酒绿
晚上吹笛，又引来太平洋的风

一不小心，刮成枯井
唇边许下的诺言，再也无法沸腾

疼痛

玫瑰，正在盛开
没有摘上一朵
在灵魂，与暗夜之间
被一支箭，射入胸膛

有幸遇见太阳
把肉身解冻
伤口的烟雾，不会一塌糊涂

尽管空无、寂寥
一声春雷，野草翻新
这一刻，我几乎忘记了疼痛

李惠芳

和谐凤城 （散文诗）

是谁弓着身子，犹如月半弯映在水中央，画出团圆？是谁数着石阶，穿越这千年的身躯，诉说不变的情怀？

四桥依旧，清波荡漾。摇橹吱呀，一声“坐好”，疍家小船幽幽地紧贴水面，朝着如画的风景深处慢慢移动。

晕开的水波，悠扬的橹声，欢快的呢喃，舒缓的清风，亲切而温婉，犹如记忆深处眷恋着的童年，沉醉。

醉了，醉在北江小三峡中，醉在璀璨凤城中。

山青青，水蓝蓝，山青水碧孕育了多少北江人家；诗朗朗，意绵绵，为水墨飘香的清远烙印了几许岁月的荣光。

阴雨绵密，瓦当叮咚，苔藓染绿了岁月，留痕。独酌一杯英红九号，任清远文化蔓延，任清远传奇再现。平静的心湖悠扬出唐风宋韵，任尘封的惆怅苏醒，唤出：繁华三千，只愿在你身边。

李继容

凤城初冬

清飘溢远茶香，
浊泽待客品尝。
萧瑟霜降西风转，
雾冷烟寒，
丝丝透凉。
聆北江鱼儿欢笑，
仰蓝天鸟儿飞翔。
昔日芳华，
无须艳妆。
而今素面，
依旧飞扬。
寂静田园燕飞远，
冬去春来总南翔……

李剑平

夜宿浈阳峡

被柔情和悠闲邀请
这一夜寻一处
北江边的小镇
安顿了人世间的奔忙

夕阳的余晖　把
满街的彩灯一盏盏点亮
白天的热闹潜入夜色
一轮波动的思绪
在微醺的晚风下醒来
跃出了平静的江面
倾听历史与文化的碰撞

在古巷里　漫步

踩响了如霜的月光
然而举杯邀明月的李白
与你对影的何止三人
这一个旅居的小镇
撒开夜色的网
多少人　打捞起
暗自欣喜的粼粼波光

荷池掠影

一支支的荷花或睡莲
以粉红　紫蓝或者奶白
始终在季节的水面
涂抹着一笔娇嫩和妩媚

荷叶　摇摆着碧绿的裙
池边的小树　惊动了
一池春水的倒影
清脆的鸟鸣　一声声
滴落于低处的叶掌
摇摇晃晃　碰响
这个季节多声部的合唱

李进凤

凤中皇啼鸣的是幸福

具有国宴的基因，皮爽、肉滑、鲜香、朴实——
我品尝出的，是凤城的
山清、水秀、蓝天

北江如凌波仙子，挥舞银练奔腾而来
母亲轻抚道：留下来吧
颤抖的北江，把内涵像哈达一样
献给凤城的丰腴血脉
流成泉、溪、河和船的欢畅

如画的山
飞霞山、笔架山、贤令山、抱福山、连山——
凤城人，耕耘、灌溉，挖出金山银山
一片片叶，总是在春天和秋季

都市的人不愿离去，追寻的躯体企图盛装这儿的一切
不再是寒极、天下之穷处

随处是风景的晨曦
抖动千年的麻羽，啼鸣在溪边、林下
饮泉的甘洌、啄草的清香、吸林的清新
若幸福的凤中皇，我昂起头
啼鸣三化一园的赞歌
漫步在林中的城、城中的林

注：凤中皇，清远鸡著名品牌之一，寓意“清远鸡之王”。

梁建彬

江暮

时间走累的时候　云便温柔——
一群胭脂红的软糯少女

夕阳叹息的时候　北江安静
听晚风哼唱渔歌

不如就躺在一叶兰舟上
任秋水放棹　芦花似梦

你如玉的脚趾悄然走来
踩在水上　轻盈而羞涩

如镜的江面　平静的脸
却暗中藏起时光的波澜

“一生如此之长，
如何留住瞬间的心动？”

暮色里　江水不语
它把答案交给寂静

江心岛

江在岛的心上
岛在江的怀抱

情人的眼睛　北江的项链
一座书房在岛中央亮起了灯

民谣的夜　一把吉他
迷醉了一树桂花
诗歌的歌　点燃了
长天与落霞

也许唐宋　或者明清
穿着汉服的哲学在小岛的
长廊走过
清风明月间　忽然
有了相思

梁玉满

金子山的雪绒花

谁令我倾情
谁令我痴迷
恪守融化成墨也分不开的诺言
与金子山玉树琼枝的约定
会如期而至
奇峰异岭中的雪绒花
把我美韵里的娇妍
今天集结成漫山的骨朵
向穿云破寒冰登山的勇士
赤裸裸地绽放!

廖志刚

北江的初冬

冬夜的风
悄悄地，潜入江底
一宿的浸润，愈加清冷

恰似灵巧的炊妇
轻柔扇动，城市的烟火
拥抱，追赶
晨跑的人和粼波上的货轮
又迎着朝晖
一起随蓝天碧水，荡漾

此时，江边的早茶里
有一股暖流
涌动
升腾

林尚人

清远归来

最新鲜的风，存储在肺里
最艳的花，种在眼里
最圆润的露珠滴在耳垂上
最甜的野果子长在乡愁里

来自山中的富足，去时
我一无所有
归来，我是王
雨水洗过的心
有着童年的幸福

我是一粒种子

我是一粒种子
何需把我分开来

风没把我分开
树上的鸟也无力把我筛选出来

肥沃的土地没必要独占
你吸你的营养，我解我的智慧

每一粒种子都有春天
都将获得分内应得的果

林　萧

连山，云上瑶家

大片大片的云朵
在头顶徘徊
阳光穿过叶的缝隙
将道路染成金黄
风吹动山的绿裙
我看见你弯腰的瞬间
温柔成一幅深秋的画卷

在云端小栖　漫步
步伐从未如此轻盈
尘世的俗事被千山阻隔
今日，请允我做一名瑶家人
晨起：听风，赏花，放歌
晚归：两手空空，云影相随

山，迎面跑来

我看见一座座山
向我迎面跑来
这些山没有名字
它们的步伐略显凌乱
捧着露水和尘埃
深一脚浅一脚
像一群山里的孩子
快速跑到我的面前
将我的影子撞疼
然后，慢慢跑远

罗明生

静福山，我是你的一棵苦椎树

九百年前
飞鸟衔来一颗苦椎籽
随雪花飘落。在木鱼与铃子的
声音中孕育
向上生长，一直站立，寸步不移

风声响起
一只经文里的小兽，脚系铜铃
它一直在倾听内心的声音
每一个拉长的昼夜
都是救苦护身的过程

一千朵红尘
安静之后的开悟

以最自然的高度
接近太阳，俯瞰尘世苍茫
在素与简的极致里自由

静福山，我是你的一棵苦椎树
春去秋来，无需太多的信息
根扎大地沉默，枝摇天空作答
在你的洞天福地，做我自己的主人

晒谷场

父亲早就设计了阳光
黄灿灿的稻谷铺满一地
有鸡啄食，谷子不语
只当把大地的沉默又说了一遍

东边角上
母亲在竹竿上晾晒
衣服上有一条鲤鱼
有风它游动，无风就藏在皱褶里

坐在门槛上，我准备看书
当把目光收起，再也无人问津
一缕缕谷香飘向屋后的草垛

书里在说一个灵魂晾晒的故事
我抬头看看晒谷场，诧异不已
在乡下，所有的好奇都无人理会

罗燕廷

在潭岭

1

游船驮着我们航行
天湖平静的水面，据说埋着
繁茂的炊烟
深秋，两岸的风景已经有了
很重的凋零迹象
只有山头上的一簇红叶
仿佛一堆沉默的火焰，成为天湖上
最高的灯盏

2

不断有人拍照，惊叹于
天湖的神工与鬼斧

惊叹于，两岸被霜打红的枫叶
和庞大的云彩倒影

我却无心观天，我一直在想
水底下的那些村庄
那些人，那些不易察觉的
细小波澜

3

一座荒废的学校
还剩下什么
大门紧锁多年，仿佛一本书
被永久合上
那些散落的词，句子，篇章
已不知去向
只有屋顶上长出的一茬野草
依然葱绿无比
在寒风中生猛地摇曳
不得不说，这真是深秋的一个奇迹

4

沿着湖边走，遇到了
一座码头
当地人说，这个码头很旧
曾在某个甲丑年
搬运过一所村庄的口粮
现在，只剩下木板上挂着的
一个新鲜的名字了
十月，它孤零零地挂在那里
除了供人拍照，除了空洞的秋风
它再也无力，搬走什么

5

“芒花”，有人说
我喜欢这些，顶着一头白发的朋友
那时，它们几乎在我
童年的所有场地出现过，也曾多次
把我的顽皮划伤
那些伤疤，使我常常忆起

山坡，田野，池塘……
——它们像记忆一样轻盈
但是不像北方的芦花，只要一起风
就会纷纷扬扬

马虹玲

春来迟

一阵冷雨　一股寒风
伴随一场冰雹雨夹雪
敲打着孤楼寒窗
掠过南岭阡阡陌野
也拂过匆匆
　　路人的脸庞……

一场雨雪
下得沸沸扬扬
缠缠绵绵落湿了南方
这可不是春意在表达
也不像是春心在萌动
　　更不会有春情在萌发！

那一声声动听的
莺歌燕语呢
怎没轻绕耳畔
那怀揣诗心的
春姑娘呢
怎么也姗姗来迟
还不来细语诉诸
那面朝大野芳菲
春暖花开
桃红柳绿的
　　童话故事？

彭小虹

年

小时候
年是一套新衣
在那个缺衣少食的年代
可以让孩童的我欢天喜地一个春节
直到新衣已油迹斑斑才被父母叫骂着换下来

少年的时候
年是一枚小小的红包
小心翼翼地攒着
可以心满意足地买自己想买而父母不让买的东西

青年的时候
年是可以放飞的日子
可以通宵和三五知己谈天说地

不用担心父母十点前必须归家的戒律

恋爱的时候
年是一起跨年的倒数
还有那满天的烟火

成家以后
年是一种忙碌
一种感觉分身无术的烦忧

中年以后
年是一种牵挂
一种难以平衡的无奈

老了以后
只要儿孙能一起围坐着喝口热汤
就是年

故乡的云
此时　我漂浮不定

风让我不停地变换着身姿
我忧郁
漂浮已让我身心疲惫
停靠的家在哪里
我反复地酝酿
终于化成一颗雨滴
滴落在你的怀抱

三　清

树影

金色阳光透过枝叶的缝隙
投影在光洁的地面
如金鱼在波光中漫游
若凤凰飞翔在太空
灵动中不缺优雅
成为大地活跃的精灵
如动静结合的一首诗
似美丽迷人的一幅画
是最温柔的女子
在梦幻的天间清歌妙舞

种一分清韵

谁将竹与兰同种在一个盆里
随着岁月流逝
竹与兰渐渐长大
竹如洒脱挺拔的谦谦君子
深情款款地看着
身旁优雅温柔的兰
悄悄将根相连手相牵
月光下轻吟　清韵悠然
风雨中共舞　玉枝翩然
爱的画面永不凋零
在素雅的宣纸中舒展
兰指花蕾
亭亭立在优雅的枝上
怀揣着梦想即将绽放

申雨霏

风吹过北江

风吹过
北江哗啦哗啦地唱着歌
树叶啪啦啪啦地拍着手掌
一个孩子坐在栏杆上朗读
她的声音一半留在原地
一半被风
吹向了远方

江心岛

走在岛上
我倾听着
那一丝丝轻微的颤动
脚下流过一阵暖流
那是阳光在拥抱
春的血液在四周涌动
放慢脚步
听　江的心脏
在跳动

谭艳平

我有一个岛

我有一个岛
打开一本书
读春之缤纷夏之炽热
秋之硕果冬之纯洁

我有一个岛
凝视一条江
波浪滔滔金辉起
风平浪静星月稀

我有一个岛
舞动一首歌
自然与典故明事理

豁达与善意成翅膀

灵魂的光芒

引领花儿积极向上

唐诗梦

日月飞霞

太阳升东
残月挂西
这天写的“明”字
成飞来峡秋色异景

虽峡长多峭壁
两岸并无猿啼
唯有翱翔半空的鹰隼
绕着这为诗而来的游船
盘旋同行

它翅翎上挂着的霞光
惊了鱼儿
亮了一船笑声

唐学连

赴一场词约

1

赴一场约
可能要跨越时间、距离
性别以及熟悉的陌生
在一杯茶，或酒里
找到共同的词

词是矛盾的
有属于他的动荡
无论是孤立的高耸
还是历史背面的暗
沙场一冷
都在沧桑中逐渐被宽恕

2

如果天空需要品鉴
这一场相约的情真
山岚就把欢笑洒满佛冈
五月　用诗来传情
你和我　都举起粽香
敬千古的离骚

深蓝的水淹没幽怨
感恩是个好词
可以把相悖约成同行
伤痛默成锤炼
乱世或和平下的汹涌
弹赞皆当棒喝

世外　旧友和新词
又复活了热血
那些久远的辛酸
已在摇椅中荡漾成慵懒

明达本真生命

3

邀约宾客盈门
需莫大雅量
当远友纷至
客房超载
仅温婉一笑　容下
所有烦琐

家有贤妻
方能成就英雄一世
无须絮语　调度井然
当夜色把情谊烹饪成佳肴
一杯醇酒　宾主尽欢

田　娟

一棵枫树的春天

在这辽阔的秋色里
她的红色就是赤裸裸的招摇
像一颗包裹着欲望的炸弹
要把隐匿于秋天里的原罪爆破
然而她徒劳无功
她的原罪爆破在广袤的原野
她无功而返
只好站着，抬手遮蔽秋风
她要把绿色的根伸出来
填补天空的空

蜂蜜

最深的爱是把她埋在心底
爱她的盛放，凋零
她在季节里磨砺的过程
包括她在彩蝶双翼下幸福的眼神
对一朵花的爱
是收纳她的芳香
为她收藏每个季节赋予她的意义
万物凋零和轮回的时刻
生命的泉水还在涌动
体内依次放出春天夏天
依次放出芳香和甘露
朱唇轻启，鲜艳的花朵打开
吐出的字节
每一个词组都甜
对于心底埋着爱的人
这无疑是最好的百草药

温建文

飞霞山，霞飞群山

飞霞山，霞飞群山
蓝天很低，云朵很低
低于群山的乳峰
山伸出手足以触摸天空的脸颊
牵拉云朵的裙摆

树木粗壮的腰身
仿佛就要撑破天空的肚子
山风静谧，除了几声清脆的鸟鸣声
还有心跳的声音

冬眠的河流

石角镇门前那条河流
长年的奔跑，累得喘气
在冬天的跟前停止了脚步
原本含蓄的河流
身体被暴露无遗

它已经进入冬眠
只是暂时停止心跳
隐藏在干裂肌肤下的血脉
还在缓慢流动
过了这个冬天，它会苏醒、重生

船因没有了道路
泊在岸边
风的鼓动，使它骚动不安
两棵榕树死死地拥抱
试图用相互传输的体温
取暖，走过寒冬

吴清鉴

清远蓝

清远蓝，创一个自己
在一条江里，在一座山里
在一片天空
在一座城里，生动

一座清远城，整个的心血
都融进了这一片蓝的里边
就连呵一口气，都要小心翼翼
倒一袋垃圾，也要在心里翻拣好几遍

或许，这里有远方慕名飞过来的珍禽
或许，这里奔跑的小鹿，要多出一分自豪
或许，这里的沼泽地，已经有了西伯利亚飞来的候鸟
或许，这里的山林，已经有了一个、两个新的物种

清远蓝，像一滴墨，会洇
它会在一条江里，流出去
它会在一朵云里，飘出去
它，更会在一首诗里，飞出去

看到了吗？远方的江，有清远蓝流过去的蓝
远方的天空，有清远蓝飘过去的蓝
远方的诗里，也有化用了的清远蓝

或许，很快就有深圳蓝、郑州蓝、北京蓝……
或许，接下来，中国蓝就会推着世界蓝，铺开节奏
而清远蓝，属于它的先锋身份，不变

一座城，在清远蓝里
清远蓝，在一座城里
到处都是蓝的自觉
一座城的向往，被一个蓝色的梦，托起

它，从没想去树碑立传

它只想，负责任地，活好
哪一天，在词典里
或许，会查到一个名词——清远蓝

不远处，已经看到
一只小猴
把一个迷路的人，从山林里带出来……

夏以萱

敲钉子的人

——记连樟村的建筑工人

天还没亮，一阵咚咚咚的声音
像凿子打进树洞
唤醒了山村

他早已习惯踏着泥泞前行
赶在早饭的芬芳蔓延之前
追上朝霞

当一根尖细的钉子进入木头的灵魂
当一双黝黑的双手紧握着黎明之光
手中的锤子便有了力量
那是一种驱散残垣破壁的力量

他很长时间弯着九十度的腰杆
黄草帽遮盖了他坚毅的脸
单膝触碰粗糙的木板
他俯瞰村落的前世今生
白云飘过的时候
竹排山化为白墙
混凝土化为三角屋顶
他打下的钉子成了一颗有记忆的珍珠
铭记充满汗水和鲜花的晨曦

小水车

——记九州驿站之旅

在半山腰的那个小水车
忙着一圈圈转动它的轴
转一圈，绿叶成了黄蝴蝶
再转一圈，朝霞满天，夕阳落下
树苗成了参天大树
虫子成了翩翩蝴蝶
雏鸟成了母亲
真是神奇的轮回
那个贪玩的孩子每看水车翻转一次
他的身高就会长一厘米
体重就会增加一千克
他比水车一天高于一天
而且快触碰到木屋上绿色的苔藓
转动一圈又一圈
剩下不变的仿佛只有
石阶、空气和雨露

许明才

落日·北江

在云淡风轻的每一个傍晚
你总是羞红着圆圆的脸庞
用炽热的目光深情地凝望
凝望那碧蓝的水波
凝望那柔情的北江

你们多情的对视
织成粉红的轻纱丝带
一叶归舟陶醉于江心
仿佛在守护你们难舍的情怀

杨亚香

一片树叶的追求

我在一棵树上冬眠
浅睡意识中
春风春雨春心涌动

春天里，悄悄探出头
清河水悠悠
以避高趋下的姿态
俯下谦虚的身躯向前奔流

顽石，被雕刻成艺术品
站到博览会门前
向他的毅力敬礼
新绿，齐刷刷地挥手点头
目送远行的河流

向他的奉献致意

于是我便在树上深情地把他眷恋
待到他的血液流过我的心胸
滋养，把我滋养到面容泛红
奋不顾身就飘落他的怀中

零落成泥　任人践踏
那不是我的追求
一路沐浴在仙泉北江河中
洗尽身心尘埃
一样是死亡
圣洁的海葬是我的向往

清澈的河水载着一片树叶
欢快地流向远方

冬天， 走在北江河大桥上

独自一人
走在穿城而过的北江大桥上
走在紫色祥云里
追梦

温暖的梦在紫色祥云里发光
我说　我要抱着月亮晒太阳
有人问
你是喜欢月亮还是喜欢太阳
抱着月亮怎么晒得到太阳
小小心思有人会懂

其实，我只是觉得冬天冷
编织一个梦
编织出温暖的心情
梦连梦　心连心
待到春天
我就会编织出一个美丽的大花园

易域勤

初春

醉的花枝乱颤　羞得满山绯红
那是我眼中
你最恬静的模样

素手轻挑
一朵春天
便在指尖绽放

黄昏染尽的窗前
几缕相思缠绕我的守望
我用等待一朵花开的虔诚
为你捻丝成线

看你
将这阡陌红尘
一针针绣进我们的地久天长

省略号

你站在人生的一定高度
看人来人往　欲言又止　轻易不肯开口
有你的地方　便是尽在不言中

你如同五线谱上跳跃的音符
时高时低　如同人生沉沉浮浮

凸起的点是人生的亮点
间隙是人生的空白

优　伦

雨中漫步

清晨的小雨没有阻挡前行的脚步
晨练的人很多
他们也一样没有撑伞
只是那疾驰的速度要比小雨落在头顶或是肩膀
更快一些
林中的鸟儿停止了鸣叫
只有水中的牛蛙扯着嗓子大喊
然而这些只有如我般等闲之人才能听得到
是沙沙的小雨让它们狂喜吧
我扶着江边的石栏倾听自己并不均匀的呼吸
一抬头
偶见对面山中的雾影
那样的影像真实得像在瑰丽的梦中
我猜想

那雾里一定裹着花朵
或张开或闭合还有花中的故事
四月的芳华还有此岸和彼岸的家
清新逸远袅袅入画

曾纪勇

大旭山， 我要把你带走

大旭山，我要把你带走
把你浓缩放进口袋
随身携带天然氧吧
随时微笑地深呼吸

大旭山，我要把你带走
把你复制到脑海深处
随时欣赏瀑布群落的多姿欢笑
用清泉时刻滋润心田
在百鸟和鸣中前行收获

我真想这样
真想这样
狂妄一次
奢侈一把

詹海林

清远遇到晚稻田

经不住北风再三催促
抛下捂不住的青春，晚稻走向成熟
成熟之后的结局是镰刀和谷仓
它们没办法拒绝给他人幸福

晚稻用最后的爱，给天空中
四面八方飞来的鸟儿留下粮食
天下没有不散的筵席和战争
稻田里的蛇、青蛙、蟋蟀、七星瓢虫
各自鸣锣收兵，关上城门冬眠去了

有人将在稻田里垒砌泥灶
烧烤番薯、鸡、鱼
以及误投罗网的麻雀

当袅袅炊烟变成一朵乌云
寒夜送来了荒凉和寂寞
但我相信，很快就会春暖花开

张 娟

在九牛洞民宿，我想好好生活

不再生硬。山的高度刚好，开门即见
白云一起一伏。这让我停下自己

不再抵抗。我删掉多余的内容
小雪是并不高大的木屋
适合饮茶
或者聊诗
适合对三百亩青湖，坐一把竹藤椅

流年长短。花开花落
而月在山间
一半教人度生，一半教人防死

晨起，薄雾。听几声鸟鸣

我因此原谅自己

张美艳

天使的眼睛

扶贫干部就像屹立在山谷里的
一棵棵碧绿的蓝莓树
迎着山风
簇拥在云雾缭绕的蓝谷园
当风吹雨打凋零了你的花蕊
你哭了
但你不愿离去
你拒绝城市繁华的诱惑
你扎根在这静美的大山深处
依然深沉地爱着这片贫瘠的土地
因为
这里有你放不下的乡土民情
这里有你牵挂的扶贫对象
你在这守望的栖息地

虔诚地坚守着
不忘初心
信念如故
你们审时度势
你们就地取材开发
终于
你们的坚守结硕果
感动了大自然的天使
蓝色天使的甘露滴落在了蓝莓谷
赐予你灵魂的伴侣
为你挂起一串一串蓝宝石
蓝宝石像天使的眼睛
天使的眼睛是蓝莓
深情地注视着你
闪烁着胜利的光芒
你们就是一群可爱的扶贫天使

张佩兰

致英石

是文人修成的正果？还是天地至精之气，
结而为石，石之至精之气，变化为人？
雨水敲打着风，落在英石的平仄上。
“皱、瘦、漏、透”的风骨
交织着前生的记忆，冷寂地枯坐
山中，噤口无言。

在巡行的水源，裁一截晚春下酒，
与米芾焚香、膜拜，与英石对视，
格物致知。在固化的波光中，
沐文人气，听易水歌。
泱泱之气聚集。

从这个世界席卷另一个世界。
从龟裂的细纹里，解救出那个形体瘦削，
挣扎的人形：屈夫子、竹林七贤、李诗仙、杜子美……

时间的雨矢如尖喙，啄穿坚硬的英石。
我的心，被流水和风打磨。
我的思想如狮，如虎，如俯冲而至的云雕。

神谕和暗示在英石倔强的阴阳里辗转，
每个孔洞，都是真理诞生的明镜。
我听见雪鹿的蹄印，先于晨雾。

风骨刺人，生命的困厄和使命如隔世的指纹。
光明与黑暗循环，起伏。
理想的路迂回曲折，经世济民的大情怀注定坎坎坷坷。

将自己镂空。给阳光让位，给风雕塑一个玲珑剔透，
雄奇突兀的形状。在枯竭的笔尖上游，多少石头身

怀使命？

多少石头历经时光的刀雕斧凿？

一份空缺涉水而过，一份留白空悬，给思考者聆听。

一块英石，以一颗赴死的心活着，盛开如蝶。

赵翔辉

在山水之间放歌

瑶族是一个古老的民族，他们的盘瑶支系信奉“盘王”；在我国，他们分布居住在南岭地区，形成了“南岭无山不有瑶”的状况。《盘王大歌》是他们的经典史诗，在“大歌”中，他们不仅歌颂始祖盘王，还歌颂鲁班的技艺，以及歌颂梁祝的爱情等。

我们站在高处聆听，
九嶷山上有洞庭的风响，
三百山里有冰凌的光芒，
海洋山边遍布经幡的呐喊，
起微山脚有长舞的张扬。

我们在岸上流连顾盼，

赣江的波涛飘扬着山茶的清香，
湘江的浪花包裹着别后的守望，
还有那漓江的倒影浮泛古歌的音韵，
珠江那些航船鼓起深海搏击的欲望。

我们在山水间纵情歌唱，
歌唱盘王的担当山一般刚强，
鲁班雕刻的木屋高挂洁白的月亮，
梁祝的爱情水一样缠绵悠长，
我们瑶家的未来光辉灿烂充满阳光。

钟　妧

田野的风

——观连樟村新貌有感

田野的风
在七彩的调色板上
挥着柔美的画笔
描绘着春秋冬夏的斑斓

田野的风
在晨曦中　夕阳里
在袅袅炊烟中
撩拂着稻花香　青草味

田野的风
在云端搭起舞台
跳着优雅的芭蕾

在阡陌间竖起琴键
弹拉着协奏曲
鸟啾　蝉鸣　犬吠

田野的风
像个任性的小姑娘
在草地上翻滚撒娇
绽放着纯真的快乐……

周　玫

天湖秋色

伴随
秋风秋雨
染一身秋思走进潭岭
一树黄叶
漾开天湖的静谧
诗意的涟漪
衔接山衔接水衔接你和我

眼眸一样的蓝宝石
注视季节的嬗变
秋水绿如蓝
风吹起
自山谷吹皱仙子的裙裾

粼波叠缎
两岸空蒙
徜徉碧波
人鱼同乐
万顷平湖如镜
盛装
一秋欣慰
一季诗意
一湖憧憬

朱春红

峰林的风

穿过云霞
千军山清晰的轮廓
在湖中轻轻波动
峰林的风就像鸟鸣
一阵之后
便坠入了幽静

等待着下一个悸动
湖中的星子
在夜幕到来时缠绵
山坳里的村庄
正如山风所愿所想
沉醉在自己美丽的世界里

卓小畴

三只小鸟

三只小鸟，起起伏伏，像一座山峰藏进枝头
疏枝后面，三只小鸟，像三片落叶
迟缓滑落，俨然三滴水珠
或是写了一半的省略号，挂在树荫下
在草丛中，它们一会儿张望，一会儿低头觅食
它们是大地纯真的孩子

诗意

升平街二十八号后院
一簇红枫，站在角落
她静默摇晃闲散
如村口晒太阳的老人

一枚口罩挂在枝桠上
像一首诗，突然被赋予了意义
一簇戴口罩的红枫频频点头
似在默许，某种被强加的意义

日子旧了

日子的旧，是从头发开始的
梳着梳着就花白了
日子的旧，写在疏枝上
那飘零的枯叶，是将断未断的逗号
日子的旧，落在枯水期的浅滩
鹭鸟从江面上飞过，北江远去
木门咿呀，母亲撕下老黄历
日子又旧了一天

邹天顺

父亲的旱烟斗

——二〇二一年父亲节忆父亲

父亲还没有完全走进我的记忆
抢先一步的是嘀嗒嘀嗒的烟斗声
有如我爬不出父亲额头上
那深深浅浅的皱纹一样
父亲那吞云吐雾的爽气
让我回味了几十年

熏陶之外
旱烟斗也是最好的教鞭
在冬天的围炉边
父亲绘声绘色地讲着《三国》
要是谁心不在焉走神了
他的烟斗就被高高地举起

旱地里做事累了
父亲就坐在海拔更高的泥地上
抽出腰上的旱烟杆
一边思考今年的收成
一边听烟斗里吱吧吱吧的声音

外出做工时
父亲那急促的脚步
总能让腰上的烟杆有节奏地嘀嗒响
每到傍晚时
我们兄弟几个就翘首以盼
在天黑下来之前能够听到父亲的旱烟杆
那嘀嗒嘀嗒的悦耳声
走近我们的身旁

古体诗卷

骆雁秋

故乡莲塘口村

莲塘多景色，翠竹最生情。
家犬忙摇尾，秋蝉叫未停。
香樟依旧在，楼宇摘繁星。
长者回乡里，清溪亦放声。

曾新友

赏阳山古树公园

檵木连枝筛月影，翠竹摇手滤晨风。
通幽寂静赏花样，樟树参天漏鸟声。

胡继松

清新古龙峡漂流

春雨空山含紫烟，长峡水紧问鸣泉。
绝崖横立纵飞瀑，亿万银珠撒九天。

吕杰汉

品连州菜心

花娇叶嫩绿衣裳，情到浓时菜也香。
爽口清甜知味道，欢歌一曲席间扬。

咏凤城雾景

丽影朦胧玉体盈，风姿绰约吐春情。
轻纱半露娇容艳，美色迷人醉凤城。

何超华

临江仙·石角马头石

壁嶂丹崖曾驻足，蹄声掩入红尘。漫寻仙迹幻何身。胸中丘壑在，苍石兀嶙峋。

梦里嘶风期万里，骏名不负行云。傲然昂首欲腾奔。时宜当奋起，谁是策鞭人。

临江仙·北山古寺

浮翠临风翻叠浪，桂华千载葱茏。淡香清沁顿禅空。万缘心法在，杳杳几疏钟。

殿宇嵯峨堪静穆，省修般若灵通。真如色相境无穷。谁能观物外，鸟已出林中。

杨振林

破阵子·英西峰林

一路红花翠盖，两旁平野青禾。老虎谷灵溪暗渡，穿天岩金辐掷梭。和光向郁峨。

津筏悠游十里，峰林照影清波。未饮流霞人已醉，醉上心头且放歌。怡然欲烂柯。

黄树红

长相思·印象连州

地河舒，湟川舒。山水连州印象殊。果然名不虚。
提笔书，却难书。惟有千山画不如。刘郎字字珠。

金荣广

辛丑正月英德下乡

春日正熹晴，访农英石坑。
峰峦多起伏，阡陌自纵横，
黄犬村中闹，田夫垄上耕。
忽闻山鸟叫，谷谷一声声。

登黄腾峡玻璃悬桥

既似银鹰越碧天，又如巨舶半山悬。
扶栏翼翼廊桥过，惊见浮云脚底穿。

姚燕飞

秋游阳山雷公岩知青点

雷公岩下草堂边，同享秋晴一片天。
旧客重来图以后，主人已惯说从前。
绕墙巡读陈标语，撸袖帮收晚稻田。
今日地头重聚会，傍篱赏菊诵诗篇。

许明才

初访油岭瑶寨

古屋倚山筑，石街照日斜。
脚楼撑崎岖，技艺压山崖。
远目群峰秀，近听青砖瓦。
云间烟火起，安乐是瑶家。

徐树荣

读《清远历代八景诗集》有感

天生八景映湟川，张栻题诗入史渊。
禺峡云松衔月朗，鸢飞鱼跃祷钟传。
英州雨舸知风劲，竹翠枫红鸟语喧。
鳌塔晴烟翘毓秀，花尖鬼峭跳珠连。
三门响浪摛灵锦，石掌仙踪武帝牵。
水水山山情永在，骚人翰骨立佳篇。

黎锡光

连州天湖

碧水天湖嵌山巅，极目云峰可接天。
瑶池不及凡间洁，便引嫦娥戏水边。

成　春

石泉山赋

石泉山起，三江河开，万物共生共荣，时光悠悠万年。

田园三江，瑰丽石泉，石为山体，草木为冠。拔地而起，生机勃勃，鸟语花香。山中石洞曾有清泉，故名“石泉山”。山形又若玉兔伏荫，惟妙惟肖，令人过目难忘，故得“伏兔春荫”[1]之名，“三江八景”记之，叹为山之奇观。

山不在高，有宝则名。石器陶器，饱含历史文化之光。石器精巧，陶器古朴，青铜乌亮，化石耀眼。种类之齐，数量之多，制作之精，省内罕见。文物沉默，历史鲜活。抗战广州沦陷，省府北迁连县，连县辖地三江，石泉天然屏障。岩洞变身“金库”，巧避日寇鬼眼。铁城石壁题字[2]，“义愤难容”赫然。警醒勿忘国耻，胸怀天下兴亡。石泉之宝，在文物的丰富内涵，在抗战的雪耻之志，在民族融合之新气象。溯源石泉，回望昨天，可辨先人攀登之足迹，可感华夏浴火之呐喊。

自然之石泉，人文之石泉，传奇之石泉，开连南文明之旅，扬爱家爱国之帆。

石泉之魂，至柔至刚。诗画石泉，有《瑶族舞曲》之神韵，有刘禹锡诗篇之光芒。读石泉如万卷书，一字一句皆真谛，一花一叶美心间。

日月如梭，沧海桑田。“石泉夜渡”[3]不再，“美丽乡村”盎然。登山赏景神清气爽，近可览小城三江之美景，远可望白云生处之瑶山。

仁者乐山，仁政为善。盛世修园，再添荣光。绿道广场，亭台古村，可强身健体，可休闲浪漫。此乃山之所幸，此系民之所仰。

三江如画，石泉如诗。美哉石泉，魅力绽放。瑶汉文化水乳交融，瑶汉同心惠风和畅。今之拓荒者继往开来，民生至上，造福一方。

朗朗乾坤明，泱泱中华新。溯石泉千年之路，观三江美丽蝶变。展现石泉，装扮石泉，爱护石泉，千秋有光。

注：1. “伏兔春荫”系旧三江八景之一，即今之石泉山。

2. 抗战时期国民广东省政府曾迁连县，时任广东省政府主席的吴铁城曾住石泉山下，并在石泉山洞壁题“义愤难容”四字，山中有岩洞曾为省财厅“金库”。

3. “石泉夜渡”为旧“三江八景”之一，以前三江河从石泉山下寨脚村旁流过。

曹少娴

傍晚伦洲岛戏水

降温消暑笑声扬，碧水微波映夕阳。
浪涌滩头惊看客，云蒸霞蔚镀新装。
游龙戏水少年乐，抓蚬挖沙幼小忙。
玩闹不知时日过，精疲力竭迫离场。

陈兴文

中秋赏月

雨后窗边等，云开夜色珉。
秋风询冷月，可照有情人？

陈义禄

连南猫公山寄怀

瑶山奇石似神猫，百岁苍榕当尾摇；
愿汝逞威还展爪，人间恶鼠尽昭昭。

注：连南猫公山位于瑶乡连南瑶族自治县三江镇寨脚村，石山连着古榕，因形酷似猫，当地人称之为猫公山。

连州静福山行吟

静福山中仰景行，喧嚣渐远乐风清。
幽蝉嘈嘈林中曲，飞鸟喈喈樾下声。
小巧繁花摇艳笑，腐余野木自雄横。
最喜诗廊文气盛，也怜水绕福盈盈。

陈运执

小江银杏

一片老乔林，枝丫野藓侵。
云凝天上玉，叶落地中金。
满树皆秋色，寒风吹瑟音。
谁怜银杏意，白果送丹心。

陈　智

连州地下河

连州奇峻岭，地下暗河长。
洞豁三层叠，水清千楫航。
稻香飘遍野，笋茁满山岗。
宾客云来聚，威名四海扬。

洪　伟

玄真古洞夏景

燕雀小声吟，唯疑扰客心。
夏蝉栖茂树，放肆唱长音。

黄玉华

题彭家祠

青砖旧貌话沧桑，烈日罡风过石墙。
雁阵成行天际渺，蕉花拂瓦雨声长。

飞来峡古栈道有寄

一寺飞来古渡头，千秋禅月得勾留。
空庭花落眠何处？云栈无人水自流。

佛冈潭洞秋行

十里青葱十里黄，田园垄上雁声扬。
风梳菊蕊篱边绽，雨泽松林雾里藏。
渴饮山泉心透爽，饥餐野果齿留香。
秋山欲共流霞醉，醉入枫林绮梦长。

姜学桓

佛冈黄花村外摘柿果

黄花村外平林漠，远近相连红似火。
手板遮阳举目看，溪流塘水映丹果。
卉茵曲径通幽天，群叟童心走草垛。
食淡粗茶绿菜羹，空巢野老觅欢伙。

犟　牛

燕喜亭怀梦得昌黎

蛮荒贬谪二贤臣，行尽潇湘远俗尘。
紫燕栖巢亭榭喜，卧龙摩壁姓名亲。
阿谁文著冠中国，皆道诗书高北辰。
功利连阳恩泽厚，粤人从此雅风淳。

康玉贞

春雨

细雨霏霏起碧漪，无边烟柳随风曳。
莺啼燕哧鸣啾啾。檐下小童折纸鹤。

李继容

秋之堤畔行

华灯初上清风送，遣兴江滨漫步行。
翠柳轻摇波弄影，喃喃呓语少年情。

李益成

英西峰林胜境

古桥飞两岸，倒影若婵娟。
竹簸随农户，春牛向陌田。
薄云披岭嶂，叠翠绕山川。
妙丽如诗画，英西靓万千。

清远十六勇士赴鄂抗疫

暂别良朋暂别兄，悬壶集结出清城。
逆风向北穿山谷，冒雨朝前达楚荆。
鼓罢三通擒鬼怪，刀随几趟斩旗旌。
天公不负英雄志，雾散云开日放晴。

梁玉满

春游太和洞

高松细竹碧参差，正是林山雅赏时。
泫泫清溪哼妙曲，啾啾喜鹊踏琼枝。
途中浓翠沾衣袖，席上轻香漾酒卮。
缱绻归来春色画，铺笺琢句赋新词。

刘广平

北江女神曹主娘娘的故事

娘娘一怒褪红妆，披甲提刀上战场。
击鼓三通寒敌胆，弯弓一羽射残阳。
浛洸城里王朝遁，麻寨村边贼寇亡。
巾帼英雄虽陨落，感怀忠烈寄哀伤。

刘国珍

浅游石牯塘小仙女茶园

寻寻觅觅外婆家，步步艰辛石径斜。
长有杜鹃鸣翠柳，乡音撩起尽桑麻。

刘海强

暮秋游潭岭天湖

霜枫红透半山深，白鹭成行入密林。
野径无人听叶落，天湖摇橹任风侵。

千年庙宇潭中没，数座古村何处寻。
碧水悠悠云缥缈，乡愁弥漫泪沾襟。

罗伟山

家乡秋夜

初秋山月照村坪，吱吱虫儿四处鸣。
夜静渐无人语响，乡邻梦恬晚风清。

忆流萤

乡僻家穷无电灯，夜来写字借流萤。
邀它三五伴书卷，点点荧光入梦馨。

骆伟锋

游欧家梯田

十月金秋游兴至，呼朋引伴到欧家。
谁言春去芳菲尽，田间笑靥胜桃花。

莫祖颖

南岸公园

悠闲处所今相见，行走其间水满波。
阿妹情深堪北江，遍流万里景幽多。

古道疍家

飞峡古陉疍户天，一涯江景摆船舷。
鲜鱼腊干度生计，活水漂溅还过年。
汽笛声声浮日月，摇桨阵阵伴云烟。
禺山古庙佑安逸，栈道繁华安富绵。

潘可仁

辛丑重阳寄友人

登高同赏菊，风雨接重阳。
旧友交情厚，新花入酒香。
去年枫似玉，今夕桂如霜。
惆怅人生路，尤怜月下觞。

邱秀蓉

重阳夜游北江

放眼清江上，空灵一卷诗。
轻舟摇绮梦，素月惹幽思。
把盏何人醉，吟怀任我痴。
陶然生雅兴，酌律不容迟。

走进春天的故里

闲庐自得芷香萦，篱外清溪耀眼明。
有信山花堪入梦，无声杏雨最牵情。
谁家紫燕环深树，何处新枝唱早莺。
故里春光犹未尽，和风携手又前行。

沈光汉

宝晶宫游

神奇幻景趣无穷，似是嫦娥舞太空。
玉柱辉煌金壁灿，华堂静邃彩灯红。
腾龙舞凤嬉相遂，异兽珍禽戏正浓。
地下长河书不尽，有缘再探宝晶宫。

石美莲

家乡美

岸边群鹭立悠悠，庄稼田间正待收。
翻土地瓜圆滚滚，遮人玉米绿油油。
潺湲溪水穿桥过，明净山岚环岭浮。
陶令桃源何处觅？共和美景在连州。

谭灯财

访连樟村

生态连樟景色幽，群峰环抱绮云悠。
飘香瓜果游人醉，簇簇红花碧水流。

唐长远

九日登金山

九日呼朋寺北旁，金山顶上庆重阳。
登台酌酒和诗饮，啸谷邀禽学鹤翔。
今岁秋光无限好，一朝野兴几回狂。
流云袖卷悲风扫，白首垂髫拾菊香。

唐景明

簕杜鹃

花香柳絮浮，雀鸟闹枝悠。
采枝新绿赠，春色绽心头。

万国良

浸潭桃花湖

岭抱平湖偎翠岸，霞低荡楫碧中央。
群鱼腾跃叼桃叶，百鸟盘旋恋水乡。
渚广繁枝争俊俏，波宽十里带清香。
渊明假若由身过，想必幽居换地方。

肖伟贤

重阳节登清新太和古洞

重九又值班，乘车入碧山。
风鸣溪外树，日照谷中烟。
古洞摩云霭，石亭响瀑泉。
正当林壑晚，登客始知还。

杨亚香

白玉兰

满树飘香似雪盈，含苞待放隐风情。
任由人说繁花色，独向深宵对月明。

袁永红

连江秋夜

今夜清光满，一轮悬碧天。
江心渔火烁，雁字岭云穿。
倚槛望峰外，问亲隔屏前。
屠苏温未冷，饼饵味犹鲜。
去日常怀念，归思总邈绵。
天涯羁旅客，扶醉写鱼笺。

题峡天下之天镜山

仙开一窟无须补，盘古运斤神匠工。
悬瀑飞流天外泻，幽潭磨镜水间融。
削峰绝壁入霄汉，采燕云梯攀玉宫。
今有蓬莱神境在，尽情觞咏与君同。

曾淑洪

抗疫巾帼颂

迷雾硝烟战斗中，死神咫尺义从戎。
离家别幼心如铁，报国精忠众志同！

詹海林

岭南书院

楼阁亭台水里鱼，时迎儒者到精庐。
江风何事频相顾，吹入深庭看古书。

题飞霞农庄

土地空灵万物生，天鹅水鸭各多情。
云松柳竹皆吾友，共看斜阳落菜棚。

张海英

咏清远凤塱古村落

百年村落巷深幽，青瓦泥墙古炮楼。
昔日悲荣烟雨散，今朝新梦续春秋。

游连山梯田

秋闲邀友背诗囊，北上连山走一场。
喜看梯田翻稻浪，细观禾穗闪金光。
青松山口迎新客，白鸭溪中戏绿秧。
朋伴呼声留倩影，吾将丽景入篇章。

张镜坤

童趣二题

一

犹记当年到汛期，北江肆虐犯城时。
孩童不解涝洪害，笑拆房门作艇驰。

二

龙舟水至又淹家，快拆房门当艇划。
对战藏游多乐趣，旧街古巷浪飞花。

张文英

连州共和圩

山间半度秋，看水屋前流。
远浦人家小，通村曲径幽。
桥边葭不尽，垄上稻初收。
此若归心处，陶然似可求。

张灼辉

观音山王山寺

登云拾级上观音，古刹千年卧翠林。
石上流泉因客唱，松间宿鸟伴僧吟。
香烟缭绕能遮眼，梵语萦回更洗心。
忽有暮钟传入耳，方知红日已西沉。

游清远古龙峡玻璃桥

恍若银龙饮涧泉，又如玉镜落山边。
浮云潇洒峰间绕，飞瀑悠然脚下悬。
胆壮不愁无客伴，心惊但愿有人怜。
玻璃桥上轻松过，赏尽青葱赏碧天。

钟金群

人生感怀二首

一

斜阳若影亭台上，乱意孤心忆世尘。
惋惜浮生多难苦，艰辛尽是断肠人。

二

浮生若梦飘花落，岁月随风近暮时。
静好闲聊年少事，青丝雪白不容辞。

朱灼明

瞻仰黄花存久洞革命遗址随感

天作棋盘星作子，沙场辗转念恩慈。
清泉半掬惟消渴，柿饼几枚赖阻饥。
云叶澄心漫竹径，笛声入耳荡莲池。
坚贞气节今犹在，莽莽苍山树德碑。

夜过飞来峡

春夜南天耀斗星，岸边渔火似流萤。
鱼鹰入水船幽独，杜宇栖林寺建瓴。
半壁苍苔留屐印，一声长啸逗鹦猩。
浮生托世皆为客，横纵江湖几白丁？

庄毅生

树屋村

天门沟[1]壑嵌尧山，高树入云鸣杜鹃。
峡谷幽深霞渺渺，野坡苍莽水潺潺。
归真旋作有巢氏[2]，返璞新尝不老泉[3]。
夜卧乍听虫唧唧，清风化韵尽陶然。

树上汤泉

谁信汤泉凌树顶？九州驿站独湛然[4]。
泡池荡漾榕枝上，热气氤氲槭叶前。
漱去尘埃风骨朗，掬来温水体躯绵。
天光擅占青云袅，谱写溪山自在篇。

注：1. 天门沟九州驿站位于英德市尧山脚下，为都市人的歇息站，由驿站区（树屋村、树上汤泉、山水乐园、驿站农庄、避暑山庄）和天门沟九站一廊高山森林峡谷景区组成。

2. 有巢氏为中国古代神话人物，以仿鸟筑巢，构木为屋在树上居住。

3. 不老泉为尧山山泉，据说饮后可延年益寿。

4. 湛然，清明莹澈的样子。晋代干宝《搜神记·卷二十》："不数日，果大雨。见大石中裂开一井，其水湛然。"

邹天顺

乡村的希望

百媚乡村在砚田，满园花草四时鲜。
秋风不懂怜香玉，吹落琼花似雪天。